Peter Caprano

Kurzgeschichten für Unerschrockene

Copyright 2016 Peter Caprano, Darmstadt

Herstellung und Verlag:
BoD - Books on Demand, Norderstedt

ISBN 9783743162761

Inhaltsverzeichnis

SCHWARZpur - Vorwort..1
SCHWARZpur - 99..5
SCHWARZpur - 13..17
SCHWARZpur - 21..29
SCHWARZpur - 11..37
SCHWARZpur - 38..45
SCHWARZpur - 63..55
SCHWARZpur - 37..63
SCHWARZpur - Nachschlag..75

SCHWARZpur

SCHWARZpur - Vorwort

Dies ist eine Sammlung von Kurzgeschichten.
Und wie der Titel bereits andeutet, sind sie von tiefstem Schwarz.
Enthalten ist auch die Geschichte „99", die es auch separat als kostenloses eBook gibt. Wer diese vielleicht schon gelesen hat, weiß was ihn erwartet.

Es gibt so diese Tage, an denen das Wetter schlecht ist, unangenehme Aufgaben zu erledigen sind oder die Laune nach dem Lesen der Nachrichten einfach über den Level mies nicht hinaus kommt. Das sind die Momente, wo mein ansonsten eher fröhliches Gemüt die Ideen zu solchen Kurzgeschichten entwickelt. Das hilft, denn meistens ist meine Laune besser, sobald ich die Idee für eine spätere Ausarbeitung gespeichert habe. Die schlechte Stimmung wird dann einfach mit weggespeichert.

Ich empfehle aber diese Geschichten nur in sorgfältiger Dosierung und bei passender Gelegenheit zu lesen.

Viel SCHWARZen Spaß dabei!!

P.S. Zur Einstimmung ein SCHWARZes Drabble
*** Ein Drabble besteht aus einem Text mit genau 100 Wörtern. Es erzählt eine kleine, pointierte Geschichte. ***

SCHWARZpur

Klaus wollte im Keller eigentlich nur eine Flasche Wasser holen.
Doch was erwartete ihn dort? Ein riesiges Durcheinander!
Erneut hatten alle ihren Kram dort abgestellt, wo er ihnen aus den Händen gerutscht war.
An ihm würde es wieder hängen bleiben hier für Ordnung zu sorgen.
Mindestens hundert Mal hatte er das bereits mit allen immer wieder eindringlich besprochen.

"So ein Mist!", rief er aus,
"Da soll mich doch schier der Teufel holen, wenn ich das weiter mitmache!"

Und dann begann er damit die ersten Sachen zur Seite zu räumen.
Da ertönte aus dem Dunkel eine Stimme.
"Darüber lässt sich reden."

SCHWARZpur Seite 3

Seite 4 **SCHWARZpur**

SCHWARZpur - 99

Als ich acht Jahre alt war, erschien mir der Engel. Wunderbar anzuschauen mit seinen silbrig schimmernden Federflügeln, mit blonden Locken, die sein engelsgleiches Gesicht mit strahlend blauen Augen umrahmten, gekleidet in ein makellos weißes Gewand und einer goldenen Harfe im Arm.

Du gehörst zu den Auserwählten, sagte er zu mir, den Auserwählten, die bereits in dieser Welt Unsterblichkeit erreichen können. Es wird nicht leicht, denn du musst 99 Aufgaben erfolgreich bewältigen, schwere Aufgaben.
Doch der Preis ist ja auch unvergleichlich. Immer wird dir die aktuelle Aufgabe klar im Kopf sein und, wenn du sie gelöst hast, erscheint die nächste. Schaffst du alle 99, dann wirst du wie ein Engel sein, unsterblich in dieser Welt.
Er lächelte mich an und verschwand.

Und in meinem Kopf erschien
Aufgabe 1: Nimm dem Dobermann des Metzgers sein Futter weg.
Das war ja gleich eine sehr schwere Aufgabe, hatten wir doch alle Angst vor dem Dobermann, von dem wir nicht einmal den Namen kannten. Zwar stand sein Futternapf direkt hinter dem Tor, sodass man hätte durchgreifen können, aber durchgreifen hieß auch in den Bereich der beeindruckenden Zähne zu kommen. Das war zu riskant, entschied ich. Es musste auch anders gehen und ich entwickelte einen Plan.
Zuerst setzte ich mich jeden Tag so zirka einen Meter vor das Tor. Am Anfang knurrte oder bellte "Nummer 1" mich an. Ich nannte ihn "Nummer 1", weil das schon eine gewisse Basis schaffte. Schon nach wenigen Tagen knurrte "Nummer 1" nicht mehr wenn ich auftauchte und ich begann mit Phase 2, ich redete mit ihm. Na, Nummer 1, schönes Wetter heute. Hast du gut geschlafen? War das Futter OK?
Es dauerte nicht lange und ich hatte den Eindruck, dass er sich freute, denn er kam sofort ans Tor wenn ich auftauchte und wedelte sogar mit dem Schwanzstummel. Zeit für Phase 3. Ich begann ihn zu füttern. Mit Brotstückchen oder sogar Keksen, die ich mir vom Mund ab-sparte. Gleichzeitig rückte ich auch näher ans Tor, was ihm gefiel, denn er drückte sich auch ans Tor. Das führte direkt zu Phase 4. Ich begann ihn zu streicheln. Zuerst am Rücken, weil ich mich dort sicher fühlte, bald aber auch schon am Kopf, weil er das Streicheln sichtbar genoss. Danach war es leicht.
Erst fütterte ich ihn aus der Hand, dabei berührte ich auch schon mal sein Futter. Und, als ich dann schließlich von seinem Futter nahm, störte ihn das überhaupt nicht, wir waren ja Freunde. In diesem Moment verschwand

SCHWARZpur

auch Aufgabe 1 aus meinem Kopf. In den folgenden Tagen schaute er ganz traurig, wenn ich nur vorbeilief, ohne ihn zur Kenntnis zu nehmen.

Aber ich war bereits wieder sehr beschäftigt mit
Aufgabe 2: Werde Klassenbester in Mathematik.
Diese Aufgabe lastete mich doch sehr aus. Zwar war ich nicht schlecht in Mathe, doch Klassenbester, das war schon eine ganz andere Nummer. Es dauerte über ein Jahr, bis ich es dann geschafft hatte und ich war danach echt sehr stolz. Doch viel Zeit blieb nicht, denn es wartete Aufgabe nach Aufgabe. Einfach war keine, doch ich meisterte sie alle.

Inzwischen stand ich knapp zwei Jahre vor dem Abitur mit
Aufgabe 18: Ergattere mit deinem Abitur ein Stipendium.
Das war eine harte Nuss, doch ich hängte mich rein. Das machte mir keine Freunde in den Kursen, wurde ich doch zur echten Konkurrenz. Aber ich brauchte keine Freunde, denn ich hatte sowieso keine Zeit für so etwas. Dann das Abitur und banges Warten. Danach nur noch Freude, denn mein Notenschnitt bescherte mir das erforderliche Stipendium.

Aber auch die nächste Aufgabe und die nächste und die nächste.
Das Studium mit seinen Kommilitonen huschte nur schemenhaft an mir vorbei. Freunde oder gar eine Freundin waren nicht möglich, ich war beschäftigt, hatte Aufgaben und ein Ziel.

SCHWARZpur

Und dann hatte ich den Master, einen guten Job und
Aufgabe 41: Werde Abteilungsleiter.
Das war jetzt nicht so ein Problem, denn es deckte sich mit den Zielen, die auch ich hatte. Ich lernte sehr schnell, dass man als lieber Kumpel dieses Ziel nicht erreichen konnte. Man musste schon mal stänkern und auch intrigieren. Koalitionen bilden und auch wieder verraten. Der Kampf um den Aufstieg, so man ihn denn wollte, war Krieg und man durfte dabei nicht zimperlich sein. Und ich war nicht zimperlich, hatte ich doch ein Ziel vor Augen, die 99 und ich war gerade bei 41 angelangt. Da konnte ich keine Zeit verplempern. Musste ich auch nicht, konnte ich doch meinen Abteilungsleiter beerben, der mit einer Abfindung in den Ruhestand geschickt wurde.

Es wartete aber auch gleich die nächste Aufgabe. Und die nächste, danach die nächste.
Aufgabe 43: Abteilung restrukturieren, inklusive diverser Entlassungen.

Aufgabe 50: Rendite anheben und so die Geschäftsleitung beeindrucken.

Aufgabe 60: Zum Geschäftsbereichsleiter aufsteigen.
 und, und, und.
Jetzt war ich froh, dass ich weder Freundin, Ehefrau oder gar Familie hatte.
Für so etwas war keine Zeit, das hätte mich nur aufgehalten.

Inzwischen war ich vierzig und plötzlich tauchte in meinem Kopf auf
Aufgabe 80: Werde Vorstand.
Mittlerweile wunderte ich mich schon über keine Aufgabe mehr, sondern nahm sie einfach in Angriff. Noch mehr Arbeit, noch mehr Intrigen, noch mehr Kampf. Auf dieser Ebene gab es sowieso keine Freunde mehr, man respektierte sich höchstens als gefährlich. Und ich war gefährlich, hatte prima Ideen, wie man Konkurrenten in die Falle locken konnte. Wie man mit ihnen Ideen entwickelte, die sie dann vorschlugen, nur um von mir danach in die Pfanne gehauen zu werden. Warum waren sie auch so dumm, die Risiken und Probleme nicht zu erkennen. Schon bald hatte ich mir einen Ruf erarbeitet, als glasklarer Analytiker, der die Firma schon mehrfach vor großen Fehlern bewahrt hatte. Da ließ der Aufsichtsrat nicht lange auf sich warten und machte mich mit neunundvierzig Jahren zum jüngsten Vorstand der Firmengeschichte.
Und ich fragte mich, was jetzt wohl als nächste Aufgabe kommen könnte.
Politiker? Bürgermeister? Oder gar Bundeskanzler?

SCHWARZpur

Doch es kam ganz anders, denn es kam
Aufgabe 81: Laufe einen Marathon unter vier Stunden.
Zwar hatte ich immer etwas auf meine Fitness geachtet, ohne ging so ein Leben wie meines nicht. Doch Marathon und eine gute Zeit, das war Lichtjahre entfernt.
Inzwischen war ich fünfzig und da ist das auch nicht mehr so einfach. Große Ziele erfordern Opfer. Geld hatte ich in all den Jahren genug angehäuft, wann hätte ich es ausgeben sollen? Also konstruierte ich einen Geschäftsvorfall, der mich zwar meinen Posten kostete, aber auch eine gute Abfindung einbrachte.
Jetzt hatte ich Zeit für meine Aufgabe und ich kniete mich hinein. Trotzdem dauerte es über ein Jahr, bis ich es nach zwei Fehlversuchen endlich geschafft hatte.
Auch die nächsten Aufgaben gingen in die Richtung, dass ich mich völlig neuen Herausforderungen stellen musste.

Aufgabe 83: Bergwandern

Aufgabe 86: Langstreckenschwimmen

Aufgabe: 91: Triathlon

Aufgabe 94: Bergsteigen
nur um ein paar zu nennen.

Ich erholte mich gerade in Mumbai von
Aufgabe 97: Einhandsegeln von Hamburg nach Mumbai,
als in meinem Kopf erschien
Aufgabe 98: Gehe als Bettler nach Kathmandu und lebe von Spenden.
Das Laufen war dabei weniger das Problem, aber die Spenden. Ich war Europäer und Europäer benötigen keine Spenden, die haben Geld. Ich nahm ab in atemberaubendem Tempo. Aber in dem Maße, wie ich immer dürrer und meine Kleidung immer zerlumpter wurde, stieg plötzlich die Spendenbereitschaft, denn ich sah nun absolut überzeugend aus. Zum Problem wurden teilweise andere Ausländer die mich retten wollten und nicht verstehen konnten, dass ich mir so etwas freiwillig antat. Es dauerte fast ein Jahr, bis ich Kathmandu erreicht hatte.

SCHWARZpur

Dann benötigte ich erst einmal vier Wochen, bis ich mich einigermaßen erholt hatte und danach erschien in meinem Kopf
Aufgabe 99: Besteige den Mount Everest im Alleingang.
Das schaffe ich jetzt auch noch, dachte ich,
und dann . . .

Nun liege ich hier auf einem Schneefeld nicht weit vom Gipfel und kann nicht mehr. Alle Energie ist aufgebraucht, ich kann nicht einmal mehr die Hand heben und winken. Wie ein gestrandeter Käfer liege ich auf dem Rücken und blinzele in die Sonne. Das ist das Ende! So kurz vorm Ziel!

Plötzlich fällt ein Schatten auf mich, der Engel steht vor mir.
Lange schauen wir uns an und dann beginnt die Verwandlung.
Zuerst werden die silbrig schimmernden Federflügel zu einer rot-schwarzen Fledermaus-Flughaut. Das strahlend weiße Gewand verschwindet und gibt ledrige schwarze Haut mit struppigen Fellinseln frei, bis hinunter zum Bocksfuß. Die goldene Harfe ist zu einem rostigen Dreizack geworden. Mit dem Verschwinden der blonden Locken zugunsten von kurzem schwarzen Kraushaar aus dem zwei daumenlange Hörner auftauchen, geht es weiter. Zum Abschluss wird das engelsgleiche Gesicht mit den blauen strahlenden Augen zu einer schwarzen Fratze mit verkniffenen roten Sehschlitzen.

SCHWARZpur

Eine gefühlte Ewigkeit starren wir uns an, dann schüttelt er den Kopf, dreht sich um und hinkt über das Schneefeld davon. Und während es langsam schwarz um mich wird, höre ich nur noch sein gebetsmühlenartiges Gemurmel.

"Er hat es geglaubt, hat es tatsächlich geglaubt!"

SCHWARZpur Seite 15

SCHWARZpur

SCHWARZpur - 13

Anselm hatte sich in seinem Leben eingerichtet. Es war alles nicht so toll, wie er sich das früher mal erträumt hatte, doch es hätte auch schlechter kommen können. Er arbeitete in der Registratur einer großen Firma. Verdiente keine Unsummen, kam aber über die Runden. Seine Freizeit verbrachte er meistens mit seiner Clique. Dort gehörte er nicht zu denen, die den Ton angaben, war eher ein Mitläufer, aber er fühlte sich aufgehoben. Eine Freundin hatte er nicht, denn er war eher unauffällig. Nicht sehr groß, nicht sehr kräftig und über den Stil seiner Kleidung machten selbst seine Freunde ihre Witze. Aber eines Tages kam die Wende.

Morgens beim Waschen hatte Anselm das Würmchen auf seinem rechten Arm bemerkt. Klein, etwas fünf Millimeter lang und offensichtlich gerade dabei sich durch Anselms Haut zu bohren. Sofort hatte er es mit dem linken Daumen und Zeigefinger gepackt, wollte es zerdrücken und dann in den Müll werfen. Da hörte er eine Stimme in seinem Kopf.

"Tu das nicht! Du würdest eine einmalige Chance verpassen, denn ich kann viel für dich tun."

Anselm hielt inne. Was war das? Wurde er jetzt verrückt.

"Du bist nicht verrückt, ich kommuniziere auf geistiger Ebene mit dir. Ein Wurm bin ich nicht, sondern ein Lebewesen aus einer fernen Galaxis. Klein zwar und mein Aussehen erinnert dich an einen Wurm, doch ich habe große Fähigkeiten. Und meine Name ist Cortunx."

Anselm dachte angestrengt nach. Wenn er nicht halluzinierte und das Wurmwesen die Wahrheit sagte, dann konnte sich hier ja eine einmalige Gelegenheit für ihn auftun. Also fragte er, was den der Wurm für ihn tun könne.

"Was würdest du dir denn wünschen?", kam die Gegenfrage. "Und du musst auch nicht laut reden, sondern nur denken. Schon das kommt bei mir an."

Also dachte Anselm intensiv daran, dass Willi ihn immer ärgerte, weil Anselm dieses Kunststück nicht ausführen konnte. Ein Münze durch die Finger der rechten Hand mit Überschlag hin und her wandern zu lassen.

"Dabei kann ich dir helfen. Setze mich auf deinem rechten Unterarm kurz über dem Handgelenk ab. Ich verschwinde dann unter der Haut und bereits morgen früh wirst du staunen über deine Geschicklichkeit."

Anselm überlegte noch einmal, doch was hatte er denn zu verlieren. Entschlossen platzierte er den Wurm auf dem rechten Unterarm, wo dieser binnen Sekunden in der Haut verschwand. Bald hatte Anselm das Gefühl, er habe das nur geträumt.
Am nächsten Morgen versuchte er dann aber doch das

SCHWARZpur

Münz-Kunststück auszuführen. Es klappte! Leicht wanderte die Münze von rechts nach links, viel flüssiger als Willi das je gekonnt hatte. Er war begeistert, der Wurm war der Allergrößte.

Bereits am selben Nachmittag saßen sie zusammen. Willi, Kevin, Sven und er. Da forderte er Willi heraus. Der lachte und machte eine Runde Bier zur Bedingung, die der Verlierer zahlen musste. Anselm stimmte zu und sie einigten sich auf zehnmal hin und her. Sven und Kevin machten gerne den Schiedsrichter, denn ihr Bier war ihnen ja sicher. Anselm hielt die Spannung hoch, überholte Willi erst auf der letzten Runde. Der war stinkesauer, bezahlte die Runde und ging.

Auf dem Heimweg fragte Anselm bei Cortunx an, ob er diese Geschicklichkeit auch für die linke Hand haben könne.

"Kein Problem! Es dauert allerdings noch zirka drei Wochen, bis ich mich duplizieren kann. Überall, wo ich einwirken soll, muss auch ein Duplikat von mir sein."

Die Wochen vergingen schnell. Zwei Herausforderungen von Willi, bis der aufgab. Dazwischen auch noch einige Show-Vorführungen im Freundeskreis. Willi konnte ihn jetzt zwar nicht mehr leiden, doch bei den Anderen wuchs seine Popularität. Fast jeder gönnte dem überheblichen Willi die Niederlage.
Dann war es soweit. Ein Wurm kam aus seinem rechten Unterarm und er nahm ihn vorsichtig hoch. Behutsam setzte er ihn auf seinen linken Unterarm, schon war der Wurm weg. Am nächsten Tag dann der Versuch. Ja, er konnte jetzt auch links die Münze rotieren lassen. Noch

besser, er konnte es mit beiden Händen gleichzeitig. Danach fing an den Trick zu üben, den er eigentlich im Sinn gehabt hatte. Er mischte ein Kartenspiel, aber so, dass bestimmte Karten an bestimmte Stellen kamen. Zu Beginn lief es nicht so flüssig und auch das gewünschte Ergebnis wurde oft nicht erzielt. Aber bereits nach zwei Stunden funktionierte es absolut problemlos. Mischen und die Asse nach unten befördern und dann beim Geben nach Bedarf die Asse von unten holen. Er war bereit für die Feierabend-Pokerrunde. Am Abend spielten sie dann im Freundeskreis. Wenn er nicht am Geben war, spielte er defensiv. War er aber am Geben, dann wendete sich das Blatt. Natürlich übertrieb er nicht. Spielte ab und zu die guten Karten auch den anderen ins Blatt und verlor dann geringe Beträge. Unterm Strich aber machte Anselm gut Plus. Das war toll! Bereits die zweite Sache, wo er vom Loser zum Winner geworden war.

Da meldete sich Cortunx wieder.
"Anselm, deine Arme sind recht mickerig. Da steck wenig Kraft drin. Auch da könnte ich etwas für dich tun. Die Muskeln werden nicht dicker werden, jedoch viel stärker. Interessiert?"

Natürlich war Anselm interessiert, war er doch der ausgewiesene Schwächling in der Gruppe der Freunde. Beim Armdrücken bildete er das Lieblingsopfer. Also sagte er zu. Nach drei Wochen wanderte ein Duplikat in den rechten Bizeps und vier Wochen danach ein zweites in den linken Bizeps. Das Ergebnis war erstaunlich. Er konnte rechts wie links eine volle Kiste Sprudel am ausgestreckten Arm waagerecht halten. Sofort verkündete er seinen Freunden, dass er trainiert hatte

SCHWARZpur

und bereit für jede Herausforderung im Armdrücken sei. Alle lachten, keiner glaubte es. Umso länger wurden die Gesichter, als sie nacheinander alle gegen ihn verloren. Auch seine Stellung in der Gruppe veränderte sich, er gehörte jetzt zu denen, die ernst genommen wurden.

Da meldete sich Cortunx wieder.
"Anselm, deine Kondition ist mies. Du bist schon bei geringen Anstrengungen außer Atem. Wenn wir rechts und links in der Brust ein Duplikat einbringen, wäre es damit vorbei. Interessiert?"

Da hatte der Wurm absolut die Wahrheit erkannt und Anselm war dabei. Es dauerte zwar zweimal vier Wochen, bis die Duplikate da waren, aber danach konnte er problemlos fünfzig Liegestütze machen und atmete nur geringfügig schneller. Das war der Hammer und festigte auch seine Position im Freundeskreis. Bei Ausflügen mussten die Kumpels nun nicht mehr Pausen einlegen bis er endlich nachgekommen war.

Da meldete sich Cortunx wieder.
"Anselm, deine Beine könnten auch einen Push vertragen. Mein Vorschlag wäre, dass wir in jedem Bein zwei Duplikate platzieren. In die Waden für die Geschicklichkeit und in die Oberschenkel für Kraft und Ausdauer. Interessiert?"

Auch diesmal sagte er sofort zu. Das Warten war aber lästig, malte er sich doch bereits aus, was er dann alles tun könne. Jedes Duplikat erforderte aber weiterhin die unabänderlichen vier Wochen, doch es lohnte sich. Bereits die zwei Duplikate in den Oberschenkeln machten ihn zu einem ausdauernden Schnellläufer. Beim Fußball stellte das seine Gegenspieler vor große Probleme. Ihre Kondition reichte einfach nicht, um ihm über neunzig Minuten zu folgen. Zwei weitere Duplikate in den Waden zum großen Zampano mit dem Fußball. Mit seinen Dribbeltricks spielte er die Verteidiger schwindelig und seine Freistöße führten häufig zu Toren.

SCHWARZpur

Das beförderte ihn vom geduldeten Ersatzspieler der Reservemannschaft zum Stammspieler der ersten Mannschaft. Anselm schwebte auf Wolke sieben.

Da meldete sich Cortunx wieder.
"Anselm, jetzt benötigt nur noch dein Rücken zwei Duplikate und du bist perfekt. Interessiert?"
Diese Frage war inzwischen überflüssig. Anselm hatte sich in den letzten Monaten vom geduldeten Außenseiter zum Star gemausert. Und er wollte immer noch mehr. Die meistens Freunde hatte er zwar verloren, weil er als Star auch schon eine gehörige Menge an Arroganz entwickelt hatte. Dafür hatte er jede Menge neuer Bewunderer dazu gewonnen. Stars standen halt über den Anderen. Andere, höherklassige Fußballvereine hatten schon angeklopft und Interesse signalisiert. Sogar die Partei des Bürgermeisters hatte sich bei ihm gemeldet, wollte seine Popularität nutzen.
Zweimal vier Wochen warten und dann hatte er den obersten Grad körperlicher Perfektion erreicht. Selbst die bisher noch verbliebenen kleinen Unzulänglichkeiten waren getilgt. Nun war er bereit für das Probetraining in den oberen Klassen.

Da meldete sich Cortunx wieder.
"Gratuliere, besser geht es nicht mehr. Dein Körper ist eine perfekt funktionierende Einheit, allen Herausforderungen gewachsen. Allerdings könnte ich dir anbieten auch dein Gehirn noch auf einen neuen Level zu heben. Das kann dir auch außerhalb des Sports im Berufsleben ganz neue Perspektiven eröffnen. Interessiert?"
Und ob Anselm interessiert war, denn es fiel ihm schon manchmal schwer die taktischen Anweisungen des Trainers zu verstehen. Und auch beruflich war eine Verbesserung mehr als angebracht. Mitarbeiter der Registratur standen nicht unter den TopTen der Spitzenverdiener.

SCHWARZpur

"Diesmal übernehme ich das persönlich!", sagte Cortunx. "Ich lasse das neue Duplikat hier im rechten Unterarm und bringe die obere Etage selbst auf Vordermann."

Vier lange Wochen des Wartens und dann kam der große Tag. Ganz sachte nahm Anselm den Wurm und setzte ihn vorsichtig auf seinem Nacken ab. Dann eine Nacht schlafen und am nächsten Morgen war das Lesen der Zeitung ein neuer Genuss. Er verstand sogar den Leitartikel und die Kommentare enthüllten bereitwillig ihre Botschaft. Das war für ihn bisher immer nur Chinesisch gewesen. Ein unglaubliches Glücksgefühl durchströmte ihn. Dieser Cortunx war in Wirklichkeit sein Glücksengel.

Da meldete sich Cortunx wieder.
"Ich habe da oben alles genau unter die Lupe genommen. Da ist nicht wirklich grundlegend etwas zu verbessern. Das Ausgangsmaterial ist einfach von zu geringer Qualität. Schade! Es wäre aber unverzeihlich einen so perfekten Körper einem minderwertigen Steuermann zu überlassen. Zu folgender Entscheidung bin ich gelangt. Mit dreizehn Einheiten, also zwölf Duplikaten und meiner Wenigkeit, bin ich in der Lage diesen Körper komplett und optimal zu steuern. Ich werde also übernehmen. Für dich Anselm bedeutet das einige Einschränkungen, doch ich hoffe auf dein Verständnis. Schließlich hattest du ja ein schönes Jahr!"

SCHWARZpur

Als Erstes konnte Anselm nichts mehr sehen und nach und nach verschwanden auch alle anderen Sinne. Zuletzt befand er sich in einer dunklen Kammer der absoluten Isolierung. Jetzt dämmerte ihm, dass das wohl von Anfang an das Ziel des Wurms gewesen war. Die zwischenzeitlichen Erfolge hatten nur dazu gedient ihn bei der Stange zu halten bis Cortunx übernehmen konnte. Seine dumme Eitelkeit hatte ihn zielgenau in die Falle geführt. Doch diese Erkenntnis kam zu spät!

SCHWARZpur

SCHWARZpur

SCHWARZpur - 21

Georg Hammelbein lag zufrieden auf seiner Terrasse und schaute dem Gärtner bei der Arbeit zu. Es war ein schönes Gefühl nicht jeden Tag so arbeiten zu müssen, wie der arme Gärtner da. Georg wurde nur ab und zu aktiv, wenn er über einen seiner vielen Kontakte einen Tipp bekam. Geschäfte mit unverkäuflichen Produkten waren seine Spezialität. Abgelaufene Artikel konnte man umetikettieren. Verunreinigte Stoffe konnte man in Länder exportieren, wo niemand danach fragte. Egal was das Problem war, er hatte meistens eine Lösung. Kaufte die Waren dann zum Spottpreis ein oder, noch besser, ließ sich für die Entsorgung sogar bezahlen. Das hatte ihm ein Leben im Luxus eingebracht. Großes Haus in bester Gegend mit Swimmingpool im Garten, Auto mit hüpfendem Pferd, ein schönes Boot im nahegelegenen Jachtclub und weitere Dinge, die allen zeigten, dass er es geschafft hatte.

Seine Frau allerdings hatte sich vor zwei Jahren scheiden lassen, hatte Probleme mit ihrem Gewissen gehabt. Allerdings hatte ihr Gewissen sich nicht gemeldet, als sie ihn bei der Scheidung um eine siebenstellige Summe erleichtert hatte. Seitdem genehmigte er sich eine Geliebte nach der anderen. Klar, mit dem nötigen Kleingeld gab es da immer Interessentinnen. Nur der Haushalt machte Probleme im Moment, denn seine Haushälterin hatte gekündigt. Das Haus sah bereits etwas unordentlich aus, teilweise schon mehr als schmuddelig. Auch immer nur Essen gehen oder liefern lassen, das war ebenfalls auf Dauer nichts. Deshalb wartete er jetzt auf Gretchen Walter, die sich heute für den vakanten Job vorstellen wollte. Und während ihm das so durch den Kopf ging, meldete sich auch schon der Tür-Gong. Das musste sie sein. Er wälzte sich von seiner Liege und ging zur Tür.

SCHWARZpur

Draußen stand tatsächlich Gretchen Walter, aber sie sah total anders aus als erwartet. Anfang dreißig, mittelgroß und etwas mollig. Soweit wie erwartet. Aber sehr schwarz und mit Kraushaar, das war die Überraschung. Erst wollte er sie spontan wieder wegschicken, doch dann überlegte er. Warum nicht auf Probe einstellen, für die Probezeit ein geringeres Gehalt vereinbaren und dann mal sehen. Dadurch war der augenblickliche Engpass behoben und er sparte noch Geld. Also bat er sie herein, zeigte ihr das Haus und besprach alle Tätigkeiten, die er von ihr erwartete. Dann bot er ihr die Probezeit von dreißig Tagen mit reduziertem Gehalt an und sie akzeptierte. Wahrscheinlich benötigte sie das Geld dringend. Da sie als Selbstständige arbeitete, musste sich Georg auch nicht um Versteuerung und Sozialabgaben kümmern. Ein weiterer Plus-Punkt.
Weil aber Georg neugierig war, fragte er sie auch noch nach dem ungewöhnlichen Namen und hörte die zugehörige Geschichte. Vor mehreren Generationen hatte ein Friedrich Walter in Namibia eine Einheimische geheiratet. Mit dem Ende der deutschen Kolonie hatte Feldwebel Walter Frau und Kinder zurück gelassen. Der Name hatte aber bis heute überlebt und deutsche Vornamen waren üblich in ihrer Familie. Die schwierige wirtschaftliche Lage in Namibia war der Grund, warum sie nach Deutschland gekommen war und die Einbürgerung auch schon erreicht hatte.

Bereits am nächsten Tag trat Gretchen ihren Dienst an und kaufte erst einmal Vorräte ein, denn das Mittagessen gehörte auch zu ihren Aufgaben. Das Erste, was Georg positiv auffiel, war das köstliche Mahl, das er serviert bekam. Also kochen konnte sie.

Und in den darauffolgenden Tagen mehrten sich die guten Eindrücke. An jedem Morgen stand Gretchen pünktlich in der Küche und bereitete das Frühstück vor. Jeden Tag etwas variiert, aber jeden Tag ein Genuss. Da sie einen Schlüssel hatte, lag Georg da oft noch im Bett. Danach kümmerte sie sich um die Hausarbeit und das Haus kam nach und nach wieder auf Vordermann. Doch das Beste war die tägliche Probe von Gretchen Kochkunst. Nach zehn Tagen konnte er bereits wieder Gäste einladen, die von der Bewirtung begeistert waren. Georg begann zu überlegen, ob er nach Ende der Probezeit nicht doch über eine Festanstellung nachdenken sollte.

SCHWARZpur

Als Georg nach vierzehn Tagen starke Schmerzen im Rücken bekam und seinem Hausarzt außer Schmerztabletten nichts einfiel, zeigte Gretchen ihre fürsorgliche Seite. Sie kam morgens noch früher und blieb auch abends deutlich länger, kümmerte sich aufopferungsvoll um ihn. Bereitete ihm zum Beispiel spezielle Kraftnahrung, damit er die Krankheit besiegen konnte. Fünf Tage später war der Spuk zum Glück vorbei und Georg fühlte sich, als wäre nie etwas gewesen. Erst überlegte er, ob ein kleiner Sonderbonus für Gretchen nicht angemessen sei. Doch schnell verwarf er diese unsinnige Idee wieder. Sie bekam doch Gehalt. Wenn sich solche Ideen in seinem Gehirn entwickelten, dann wurde er anscheinend langsam alt oder war von der Krankheit noch geschwächt.

Endlich konnte er das köstliche Essen von Gretchen wieder richtig genießen. Er bestellte sich ein Festmahl und Gretchen lieferte einen absoluten kulinarischen Höhepunkt. Das Leben war einfach schön und die Schmerzen schnell vergessen. Auch am nächsten Tag gab es erneut drei Gänge von vorzüglichem Geschmack. Danach saß Georg auf der Couch und verdaute genüsslich vor sich hin. Plötzlich, wie aus dem Nichts wurde ihm übel, so übel wie noch nie in seinem Leben. Kalter Schweiß lief ihm übers Gesicht und sein Herz raste. Er wollte aufstehen, aber es ging nicht. Seine Arme und Beine waren wie Gummi, also rief er verzweifelt nach Gretchen.

Innerhalb von Sekunden kam sie angerannt, stellte sich vor ihn und musterte ihn aufmerksam.

„Genau wie bei Manfred!", sagte sie. „Genau nach einundzwanzig Tagen!"

Dann holte sie ein Bild aus ihrer Schürze, das Bild eines schwarzen Babys.

„Das ist, nein, war Manfred mein Sohn. Ein wunderschönes Baby, fröhlich und kerngesund, bis ich das Milchpulver aus Deutschland benutzte. Das Milchpulver, das ein gewisser Georg Hammelbein exportiert hatte und das eine Verunreinigung mit giftigen Stoffen aufwies."

Georg konnte sich undeutlich an diesen Deal erinnern. Er hatte den Dosen andere Etiketten verpasst und so die Herkunft verschleiert. Geliefert hatte er in verschiedene afrikanische Länder, von denen bekannt war, dass es dort keine wirkungsvolle Lebensmittelkontrolle gab. Georg wollte aufstehen, aufstehen und telefonieren, um Hilfe zu holen, doch er lag nur da und konnte sich nicht mehr rühren. Nur reden konnte er noch.

„Und jetzt haben sie mich vergiftet aus Rache für ihr Kind?", fragte er Gretchen.

Gretchen antwortete nicht, sondern verließ das Wohnzimmer, um kurz darauf zurück zu kommen mit einer Dose im Arm, einer großen Dose Milchpulver.

SCHWARZpur

„Ich habe dich nicht vergiftet Georg Hammelbein, ich habe dich nur dein eigenes Milchpulver kosten lassen. Und es war genau wie bei Manfred. Nach vierzehn Tagen begannen die Schmerzen und dauerten fünf Tage. Als wir dann glaubten, es sei überstanden, kam am einundzwanzigsten Tag die Krise und sechs Stunden später war es vorbei."

„Ich gehe jetzt, denn der Rest geht ganz von alleine. Überlege dir schon mal, was du sagst, wenn du vor deinem Richter stehst und er dich nach deinen Taten fragt."

SCHWARZpur - 11

Fußball war schon immer Erwins Leben gewesen. Bereits als kleines Kind war er jedem Ball hinterher gelaufen und hatte ihn weggekickt. Sein Vater hatte das mit Wohlwollen bemerkt und ihn früh gefördert. Eventuell konnte ja sein Sohn den Traum leben, den er immer vergebens geträumt hatte.

Mit vier beging er sein erstes schweres Foul. Er schoss den Ball mitten in die Fensterscheibe des Nachbarn, konnte dann aber seinem damals besten Freund Sven die Sache in die Schuhe schieben. Mit einem neuen Freund kickte er danach weiter. Das zahlte sich aus und schon in der G-Jugend spielte er regelmäßig. Er schaute sich im Fernsehen auch jede Woche seine Helden an und wusste, so wollte er ebenfalls werden. Das trieb ihn im Training an und auch außerhalb des Trainings übte er noch zusätzlich. Sein Vater hatte ihm dazu als Ansporn ein Trikot mit seinem Namen gekauft. Mit diesem auf dem Körper fühlte er sich bereits wie ein ganz Großer.

In der D-Jugend wechselte Erwin erstmals den Verein, weil sein Vater meinte, dass er dort besser gefördert würde, spielte doch deren erste Mannschaft in einer höheren Klasse. Und tatsächlich lernte er nach kurzer Zeit neue Dinge in Sachen Technik und Taktik, die er begierig aufsog. Hier lernte er auch den „Lieben Erwin" zu machen und sich so Vorteile bei der Aufstellung zu verschaffen.

In der C-Jugend kam dann der große Moment, er spielte zum ersten Mal in einer Auswahlmannschaft. Das erzeugte überregionale Aufmerksamkeit und er hoffte heimlich, dass er den Scouts eines Profivereins auffallen würde und vielleicht sogar in ein Fußballinternat kommen könnte. Doch leider hoffte er vergebens. Doch was nicht war, konnte ja noch werden.

In der B-Jugend gelang es Erwin wenigstens zu einem Regionalligaverein zu wechseln und sich dort als Stammspieler zu etablieren, doch das genügte seinem Ehrgeiz nicht.

Mittlerweile hatte er die A-Jugend erreicht und auch bereits Einsätze in der Regionalligamannschaft hinter sich. Half da, wenn es ging, auch mal nach. Im Training ist so schnell ein ungewolltes Foul passiert und ein Spieler fällt aus, den man dann ersetzen kann. Oder ein Unbekannter gibt dem Trainer einen Tipp, wer am Abend vor dem Spiel noch in der Disco war. Man konnte aber auch an der wöchentlichen Skat-Runde mit dem Trainer teilnehmen und brav verlieren. Auch beim Vereinspräsidenten freiwillig den Rasen zu mähen konnte helfen. Da kannte er keine Skrupel.

Mit den Auswahlmannschaften war es allerdings weiterhin nicht so optimal gelaufen. Einige Sichtungs-Lehrgänge hatte er hinter sich, dazu sehr wenige Einsätze. Der Durchbruch jedoch war ihm immer noch nicht gelungen.
Inzwischen war Erwin jetzt gerade achtzehn geworden und hatte eine Lehre als Einzelhandelskaufmann abgeschlossen. Auch seinen Führerschein hatte er bereits gemacht und sogar ein kleines Auto nannte er sein eigen, das ihm ein Sponsor des Vereins zu unvergleichlich günstigen Konditionen verkauft hatte. Doch er wollte mehr, wollte ein echter Profi werden, wollte bis in die erste Bundesliga und natürlich auch in die Nationalelf. Und die Zeit drängte, immerhin war er schon achtzehn und da waren andere bereits Fußballmillionäre.

Da passierte das bisher vergebens Erhoffte. Erwin erhielt den Anruf, den Anruf der alles ändern konnte. Man war auf ihn aufmerksam geworden. Glaubte, dass er sich noch weiter entwickeln könne und gut in das Umfeld passen würde. Einzelheiten könne man ihm am Telefon nicht mitteilen, aber man wolle sich mit ihm treffen und dort alle Details besprechen. Nur so viel solle er vorab wissen, dass er in ein ganz anderes, gehobenes Ambiente wechseln würde, dass man ihn langfristig binden wolle und, wenn es sich so entwickelte wie man hoffte, dann müsse er sich auch keine finanziellen Sorgen mehr machen. Ob er interessiert sei?
Natürlich war er interessiert, konnte das doch die Chance sein, die er sich immer herbei gesehnt hatte.

Man vereinbarte ein Treffen im Golf-Resort am See, am nächsten Tag um neun Uhr abends.
Das Golf-Resort am See war das nobelste Restaurant in der Gegend, das klang wirklich sehr gut. Allerdings lag es etwas außerhalb, am Golfplatz natürlich, doch er hatte ja jetzt ein Auto. Kein Problem also. Er behielt diese tolle Neuigkeit komplett für sich, obwohl er in Wirklichkeit fast platzte vor Stolz. Endlich war es soweit, ein besserer Verein interessierte sich für ihn. Jetzt wollte er keine Ratschläge hören oder gar hämische Kommentare, falls es nicht klappte. So genoss er still vor sich hin und wartete ungeduldig auf den nächsten Tag und den großen Moment.

Nach endlosem Warten war er dann unterwegs zum Treffen und doch ziemlich aufgeregt. Das hatte wirklich alles sehr vielversprechend geklungen, aber erst musste er sehen, was tatsächlich dahinter steckte. Er versuchte seine Gedanken auszuschalten und sich auf die Straße zu konzentrieren. Diese enge dunkle Straße durch den Wald forderte ihn sehr, hatte er doch noch wenig Fahrpraxis. Sein Gefühl empfahl ihm langsamer zu fahren, seine Uhr trieb ihn jedoch an, denn er war bereits knapp dran und wollte nicht zu spät kommen. Das wäre kein guter Einstieg in die Verhandlungen. Jetzt ging es am See entlang, Kurve an Kurve, hell, dunkel, hell, . . .
Dann mitten in der Kurve stand jemand auf der Straße. Nicht irgendjemand, der Teufel persönlich stand mitten auf der Straße.
Groß, schwarz, mit Hörnern und Dreizack, der genau auf ihn zeigte.
Er riss den Lenker herum, verlor die Kontrolle über das Auto, brach durch ein Gebüsch, sah den See vor sich, ein Schlag und dunkel.

SCHWARZpur

Als Erwin erwachte, schaute er sich vorsichtig um. Er lag auf einer bequemen Relax-Liege in einem großen Raum, offensichtlich einer Umkleidekabine. Aber was für eine! Alles vom Feinsten. Ein riesiges Entspannungsbecken, ein großer runder Jacuzzi, mehrere Massage-Liegen und weitere Relax-Liegen. An den Wänden Umkleidenischen für die Spieler und in einer hing ein Trikot mit seinem Namen und der Elf darauf. Der Blick aus dem großen Fenster zeigte ihm einen gepflegten Rasenplatz, auf dem eine Gruppe Spieler unter Anleitung trainierte. Da kam auf fünf Spieler ein Übungsleiter, welcher Luxus. Insgesamt machte das alles hier einen sehr guten Eindruck, das konnte nur einer der großen Vereine sein.

Da wurde seine Aufmerksamkeit auf einen großen Bildschirm gelenkt, der oben an der Wand hing und auf dem offensichtlich Nachrichten liefen. Leider war der Ton ausgeschaltet und er konnte nur sehen, wie ein Kranwagen ein Auto aus einem See zog. Aber das war ja sein Wagen, das Nummernschild war deutlich zu erkennen. Danach Schnitt und zwei Männer, die einen Sarg in einen Leichenwagen luden. Was ging hier vor? Was hatte das zu bedeuten?

In diesem Moment ging die Tür auf und ein Teufel kam herein.
Nein, nicht ein Teufel sondern DER Teufel! Ganz gewiss DER Teufel, der auf der Straße gestanden hatte.
Der lächelte ihn an und sagte:

„Da ist er ja der Erwin, ist unser neuer Außenstürmer!"

„Und, habe ich zu viel versprochen?"

„Gehobene Klasse, langfristiger Vertrag und keine Geldsorgen mehr!"

SCHWARZpur

SCHWARZpur

SCHWARZpur - 38

Manche Leute sagen ja von sich, dass sie seit ihrer Geburt vom Pech verfolgt sind.
Das trifft bei Achim nicht zu, er war bereits vor der Geburt glücklos.

Seine Mutter hatte geglaubt, sie könne seinen Vater mit einem Kind an sich binden, doch der Schuss ging nach hinten los. In dem Moment, als sein Vater von der Schwangerschaft erfuhr, war er auch schon auf Nimmerwiedersehen verschwunden. Und seine Mutter machte natürlich ihr ungeborenes Kind dafür verantwortlich. Insgeheim hatte er gehofft, dass sich das ändern würde, sobald sie ihn im Arm hielt, dass die glücklichen Muttergefühle alles andere verdrängen würden. Aber es kam ganz anders. Er hatte ein deformiertes Bein und seine Mutter fragte sich, warum sie jetzt auch noch mit einem Krüppel bestraft wurde. Und sie ließ Achim immer spüren, dass er nicht nur unwillkommen, sondern dazu noch eine unerträgliche Last war. Auch liebevolle Großeltern wurden ihm vorenthalten. Die Eltern seines Vaters wussten nicht einmal, dass es ihn gab und mit den Großeltern der mütterlichen Seite hatte seine Mutter bereits vor Jahren jeden Kontakt abgebrochen. Auch dort existierte Achim nicht.

Da seine Mutter ja als Alleinerziehende arbeiten musste, kam er so früh es eben ging in die Kita. Er wurde dort freundlich aufgenommen und genoss das auch. Doch schon nach kurzer Zeit hatte es sich seine ewig meckernde Mutter mit allen Betreuerinnen verdorben und das ließ man dann auch Achim spüren. Das Spielen mit den anderen Kindern scheiterte meistens an seiner Behinderung, er konnte halt nicht so wie die anderen herumtoben. Sie waren nicht böse zu ihm, jedoch saß er eben oft allein in einer Ecke und spielte mit den Bausteinen.

Dann kam die Schule, auf die Achim sich schon lange vorher freute. Dort würde alles anders werden, er würde tolle Sachen lernen: Lesen, Schreiben, Rechnen. Und er würde dort Freunde finden. Dieser Traum platzte bald, denn Lesen und Schreiben waren nicht sein Ding. Immer wieder wollte ihm die Bedeutung dieser Zeichen auf dem Papier nicht einfallen, wieder und wieder war es so. Schreiben wurde deshalb fast zur unüberwindlichen Hürde. Er bemühte sich zwar, doch es war selten richtig. Die Lehrer benutzten dafür das Wort Legastheniker, von dem Achim natürlich auch die Bedeutung nicht kannte, doch etwas Gutes war es wohl auf keinen Fall. Sie mussten ihn zusätzlich fördern, das bedeutete zusätzliche Arbeit und machte ihn nicht beliebt.

SCHWARZpur

Apropos beliebt. Auch mit den Freunden klappte es nicht so recht, denn niemand nannte ihn Achim oder verpasste ihm einen netten Spitznamen, er war nur das „Hinkebein". Zwar verboten die Lehrer ihn so zu nennen, doch die Lehrer waren halt meistens nicht da. Auch außerhalb der Schule war er ausgeschlossen, konnte er doch mit seinem Bein nicht am Kicken teilnehmen oder Fangen spielen.

Mittlerweile hatte Achim sich durch unermüdliches Üben mit dem Lesen so weit angefreundet, dass er die Schulbücher lesen konnte. Es dauerte etwas, doch er kämpfte sich da durch. Die anderen Fächer wurden so zu seinem Freund. Mangels menschlicher Freunde hatte er ja Zeit genug und so las er die Schulbücher immer wieder und, weil er auch ein gutes Gedächtnis hatte, gehörte er bald zu den Leistungsstarken. Und Mathematik war ein Geschenk des Himmels! Alles war ihm sofort klar und einmal verstanden, vergaß er es auch nie mehr. Darin war er Klassenbester, was die Beliebtheit von „Hinkebein" nicht förderte. Achim aber setzte jetzt seine Hoffnungen aufs Gymnasium, dort würde alles besser werden.

Doch Gymnasium war nicht. Seine Mutter lehnte das kategorisch ab, obwohl er die Empfehlung der Schule hatte. Was glaubst Du wohl, was das kostet, war ihr Argument. Ich reiße mir schon genug den Arsch auf für dich. Du bleibst auf der Hauptschule, basta! Und er blieb auf der Hauptschule. Zwar war er dort unangefochten Klassenbester, jedoch auch unangefochten der „Klugscheißer". Aber das würde sich alles ändern, sobald er eine Ausbildung anfing, tröstete er sich.

Doch mit der Ausbildung war es dann gar nicht so einfach. Er schrieb Bewerbungen und mit seinem guten Zeugnis wurde er auch fast immer zum Gespräch geladen. Tauchte er dort aber mit seinem „Hinkebein" auf, waren seine Chancen bei Null, wie er sofort sehen konnte. Zwar stand davon nie etwas in der Absage, doch es war schon klar, woran es gelegen hatte. So schrieb er Bewerbung auf Bewerbung, aber immer das gleiche Ergebnis. Er ging dann aufs Arbeitsamt und die unterstützten ihn auch sehr, was ihm gut tat. Mit etwas Druck in Richtung Ausgrenzung von Behinderten, bekam er dann doch noch einen Ausbildungsplatz in einer großen Firma. Ausbildung zum Fachinformatiker, Schwerpunkt Anwendungsentwicklung.

Das war toll. Das Erlernen der im Unternehmen genutzten Programmiersprache war kein Problem. Interessanterweise war er hier kein Legastheniker, sondern konnte Programme schon bald flüssig lesen, verstehen und auch verändern. Was das Verstehen der Programmlogik anging, überholte er in kurzer Zeit sogar seinen Ausbilder. Zwar bemühte er sich, das unter der Decke zu halten, doch das ging nicht lange gut. Der Ausbilder war natürlich nicht erfreut über die sich anbahnende Konkurrenz und begann ihm, wo es ging, Steine in den Weg zu legen. Er durfte nicht mehr in die Fachabteilungen zu den Nutzern der Software, angeblich, um sein Bein nicht zu überlasten. Auch sonst wurde die Ausbildung immer spärlicher und wenn die Berufsschule nicht gewesen wäre, hätte er kaum noch etwas gelernt. Trotz allem bestand er die Prüfung mit Bravour.

SCHWARZpur

Mit seinem guten Abschluss wurde er auch übernommen, das war eines seiner eher seltenen Erfolgserlebnisse. Die Euphorie hielt leider nicht lange an. Der Ausbilder, der jetzt auch sein Chef war, hatte die Kollegen informiert, dass da echte Konkurrenz auf sie zukam. Entsprechend herzlich war die Aufnahme. Er bekam die Aufgaben mit den geringsten Erfolgsaussichten und wurde darüber hinaus nur unzureichend informiert. Ging es dann schief, wurde viel Aufhebens darum gemacht. Zeichnete sich trotz allem ein Erfolg ab, wurde noch schnell ein Kollege ins Projekt geholt, der dann die Lorbeeren erntete. Aber Achim war zäh, versuchte sich nicht unterkriegen zu lassen. Lange ging das einigermaßen gut und er konnte bei seiner Mutter ausziehen und sich eine eigene kleine möblierte Wohnung leisten. Musste sich nun nicht mehr das tägliche Jammern und Meckern anhören. Er war zum ersten Mal so etwas wie glücklich. Immer wieder versuchte er den Kontakt zu seiner Mutter aufrechtzuhalten, doch das war ein Ding der Unmöglichkeit. Obwohl er ihr ja jetzt nicht mehr auf der Tasche lag, wurde er doch mit Vorwürfen überhäuft. Achim hatte an allem, was seiner Mutter im Leben Negatives widerfahren war die Schuld. Nach und nach wurde der Kontakt immer spärlicher.

Und dann kam die Restrukturierung. Auch in seiner Abteilung musste ein Mitarbeiter entlassen werden und Achim war sofort klar, wer das sein würde. Natürlich wurde ganz objektiv geprüft und abgewogen, doch das Ergebnis stand von der ersten Sekunde an fest.

Die Suche nach einem neuen Job gestaltete sich schwierig. Wieder das identische Spiel. Mit seinem guten Ausbildungsabschluss und einem einigermaßen guten Zeugnis seiner Ex-Firma, wurde er häufig zu Vorstellungsgesprächen eingeladen. Doch danach hagelte es Absagen. Bald war er unter schwer vermittelbar eingestuft und lebte von Hartz IV. Das war für Achim eine sehr schwere Zeit, doch er wollte nicht kapitulieren. Er würde da wieder rauskommen!

Irgendwie kam seine prekäre Lage seinem Vermieter zu Ohren und unter dem Vorwand von Eigenbedarf wurde ihm gekündigt. Zeit hatte Achim ja und so lief er sich in der Woche und an den Wochenenden die Hacken ab, um eine neue Wohnung zu finden. Vergebens! Sein Status „Hartz IV" war ein unüberwindliches Hindernis. Und dann war die Kündigungsfrist vorbei. Er packte seine wenigen Sachen und machte sich schweren Herzens auf den Weg zu seiner Mutter.

SCHWARZpur

Der Empfang war so herzlich, dass er nur seine Sachen abstellte und sofort wieder das Weite suchte. Im Supermarkt kaufte er sich eine billige Flasche Fusel und setzte sich damit in den Park. Dort war er ungestört, denn es war ja Winter und bitterkalt. Bald war die Flasche halb geleert, es war ihm leidlich warm und auch seine Weltsicht wurde immer schöner.
Sein Blick fiel auf die Flasche und da stand auf dem Etikett 38%. Und plötzlich wurde aus dem % ein kleines Männchen, das ihn fröhlich anlächelte. Wie schön, er hatte einen Freund. Da nahm er gleich noch einen Schluck und noch einen. Mit jedem Schluck sah er mehr fröhliche %-Männchen und bald hatte er 38 Freunde. Deshalb also der Text auf dem Etikett. So viele Freunde! Mit diesem Gedanken schlief er ein.

SCHWARZpur

Am nächsten Morgen fand ihn ein Passant und alarmierte den Notarzt.
Der konnte aber nichts mehr tun.
Wie in solchen Fällen üblich wurde eine Obduktion vorgenommen.

Das Ergebnis lautete:
Tod durch Erfrieren unter Alkoholeinfluss.
Kein Fremdverschulden!

SCHWARZpur

SCHWARZpur

SCHWARZpur - 63

Alles hatte an einem Montag begonnen. Alfred konnte sich noch genau erinnern. Wie üblich war er um neun Uhr auf dem Firmenparkplatz angekommen. Gerade wollte er sich auf seinen Stammplatz stellen, als vor ihm ein grüner Ford genau dort einparkte. Alfred war empört. Jeder in der Firma wusste doch, dass er immer dort stand! Direkt neben der Geschäftsleitung und das schon seit dreizehn Jahren. Aber er rief sich zurück. Eventuell handelte es sich ja um einen neuen Mitarbeiter, der das nicht wusste. Also stieg er aus und wartete bis jemand aus dem Ford ausstieg. Tatsächlich ein Gesicht, das er nicht kannte und ihn fragend anschaute. Alfred erklärte ihm, dass dies sein Parkplatz sei und er sich doch gefälligst einen anderen suchen solle. Der andere aber lachte ihn aus.

„Auf diesem Parkplatz gibt es keine reservierten Parkplätze, außer für die Geschäftsleitung hier rechts am Eingang. Und nach Geschäftsleitung sehen Sie ja wohl nicht aus!", sagte er und ließ Alfred stehen.

Der war erst einmal total perplex. Dann aber rannte er dem Unbekannten hinterher und erzählte ihm etwas von Kollegialität und Gewohnheitsrecht.

„Bleib locker Mann!", antwortete der, „In dieser Firma ist Flexibilität erwünscht. Das üben Sie jetzt mal schön." Und weg war er.

Alfred kochte vor Wut. So ein unverschämtes Arschloch. Aber dem würde er es zeigen. Am nächsten Morgen startete er extra fünf Minuten früher und tatsächlich war sein Parkplatz noch frei. Als er ausgestiegen war, kam gerade der grüne Ford an und Alfred winkte ihm grinsend zu.

Am darauffolgenden Tag lief es umgekehrt und Alfred musste das grinsende Winken über sich ergehen lassen. Am Mittag in der Kantine stand er wartend in der Reihe, als er von hinten angesprochen wurde.

„Ah, da ist ja unser geheimes Mitglied der Geschäftsleitung. So geheim, dass es keiner weiß. Man merkt es nur an seinem reservierten Parkplatz."

Allgemeines Gelächter in der Schlange.

Alfred startete ab da eine Viertelstunde früher und konnte so tatsächlich eine Woche lang triumphieren. Doch dann kam der Tag seiner Schmach. Als er morgens einparken wollte, war an dem Platz der Hausmeister zugange. Alfred wartete bis der fertig war und erlebte danach den Schock. Der Hausmeister hatte ein Schild an dem Parkplatz montiert und darauf stand „Reserviert für Herrn Schmalles".
Da hupte es hinter ihm und aus dem grünen Ford winkte ihm das Arschloch zu. Winkte ihm, damit er Platz mache. Zähneknirschend fuhr Alfred weiter und musste mit ansehen, wie das grüne Auto schwungvoll einparkte und

SCHWARZpur

ein breit grinsender Herr Schmalles das Auto verließ.

Am Mittag in der Kantine setzte Herr Schmalles noch einen drauf.
„Unser geheimes Mitglied der Geschäftsleitung ist nun so geheim, dass sogar der reservierte Parkplatz getarnt wurde. Freundlicherweise habe ich mich bereit erklärt ab sofort dort zu parken."

Allgemeines Gelächter in der Schlange.

So ging das danach fast jeden Tag. Herr Schmalles ließ keine Gelegenheit aus ihn lächerlich zu machen. Nach zwei Wochen begann Alfred sich ein Lunchpaket zu packen und die Kantine zu meiden.
Aber es nagte an ihm. Irgendwie musste er sich rächen. Tag und Nacht grübelte er in jeder freien Minute darüber nach.

Völlig unerwartet lief das Fass dann über. Herr Schmalles übernahm die Leitung von Alfreds Abteilung. Nun konnte er nicht mehr ausweichen, war den Bemerkungen hilflos ausgesetzt. Und die Bemerkungen kamen fast täglich. Nicht mehr so offen, denn dann hätte Alfred sich an den Betriebsrat wenden können. Aber immer so, dass Alfred und Herr Schmalles genau wussten, was gemeint war.

Irgendwann reifte in Alfred die Entscheidung. Er würde diesem Herrn Schmalles das Lachen schon austreiben. Er würde sich eine Pistole besorgen. Die würde er diesem Idioten vor die Visage halten und mal sehen, ob der dann immer noch lachte. Wenn erst einmal blankes Entsetzen das Gesicht überzogen hatte, würde er abdrücken.
Aber woher eine Pistole bekommen?

Ein paar Tage später entzündete sich an einer Meldung in der Zeitung eine heftige Diskussion. In den USA hatte wieder mal jemand wild um sich geschossen und diverse Menschen getötet. Zum Glück sei es ja hier in Deutschland schwer an Waffen zu kommen, meinte einer. Da lachte ein anderer und sagte, wer hier in der Stadt eine Knarre wolle, brauche nur in eine der Bars im Rotlicht-Viertel zu gehen und genug Bargeld mitzunehmen. Da horchte Alfred auf.

Bereits am nächsten Abend saß er an der Theke der Hawaii-Bar und klagte dem Keeper sein Leid. Ein Waschbär verwüste seinen Garten, mache all seine Arbeit zunichte. Wenn er nur eine Pistole hätte, dann würde er es dem Vieh schon zeigen. Der Barkeeper hatte Verständnis, wie alle Barkeeper, konnte ihm da aber nicht helfen. Enttäuscht machte sich Alfred eine Stunde später auf den Heimweg. Im Dämmerlicht des Gangs vor der Garderobe, wurde er angesprochen. Ein Mann hatte sein Waschbären-Lamento mitbekommen und bot ihm eine 45er-Automatik an. Allerdings nur mit einem Magazin und acht Schuss darin, doch für einen Waschbären sollte das ja reichen. Alfred war begeistert und für fünfhundert Euro wechselte die Waffe ihren Besitzer. Wie man entsicherte, bekam er noch gezeigt und dann schwebte er nach

Hause wie auf Wolken. Der Tag der Rache kam näher. Zuhause schaute er sich seinen Einkauf in Ruhe an. Das Ding sah schon extrem gefährlich aus, da würde der Schmalles gleich wissen, was die Stunde geschlagen hatte.

Die Bemerkungen des Herrn Schmalles ließen ihn ab da völlig kalt. „Nicht mehr lange!", dachte er dann und lächelte still in sich hinein. Auch nutzte er seine Beziehungen zur Personalabteilung. Herr Schmalles hieß Frank Schmalles, war ledig und wohnte in der Goethe-Straße 63. Die Straße kannte er, ein Einfamilienhaus-Viertel ganz in seiner Nähe und die 63 brannte sich unauslöschlich in sein Gehirn. Mehrere Tage beobachtete er das Haus. Licht im Haus gab es nur, wenn Frank Schmalles daheim war, also lebte er allein. Das war perfekt.

Dann kam der große Tag. Hinter einem Baum wartete Alfred schräg gegenüber der 63 bis das Arschloch ankam, ließ einige Minuten verstreichen und klingelte dann. Frank Schmalles meldete sich über die Gegensprechanlage und Alfred erzählte ihm etwas von Problemen in der Firma. Der Summer ertönte und er war auf dem Grundstück. An der Tür erwartete ihn Herr Schmalles und machte keine Anstalten ihn herein zu bitten.
„Was gibt's?", fragte er, „Und machen Sie schnell, ich habe ihr Gesicht heute bereits lange genug ertragen."
„Das wird sich ändern!", antwortete Alfred, „Das wird sich gleich grundlegend ändern."
Er zog die Pistole unter seiner Jacke hervor und zielte mitten auf die Brust von Frank Schmalles. Befriedigt verfolgte er, wie sich dessen überheblicher Gesichtsausdruck in Erschrecken und Angst verwandelte. Genau das hatte er sehen wollen.

Als er abdrückte passierte erst einmal nichts. Dann schob sich aus dem Lauf ein Stäbchen. Daran befestigt war ein kleine Fahne, die sich automatisch entrollte. Darauf stand
BUMM

SCHWARZpur

Alfred war erst erschrocken, dann geschockt und schließlich stinkesauer. Dieser Mistkerl aus der Hawaii-Bar hatte ihm eine Jux-Pistole verkauft. Wie stand er denn jetzt da? Wie sollte es nun weiter gehen?

Frank Schmalles schaute auch erst einmal total verdutzt drein, doch dann fing er an laut zu lachen.

„Ach Alfred, nicht einmal das bekommen Sie gebacken. Sie sind ein hoffnungsloser Fall!"

Und er lachte und lachte, immer lauter und heftiger. Bis er plötzlich erschrocken das Gesicht verzog. Dann fasste er sich ans Herz und atmete ein paarmal heftig. Danach stützte er sich am Türrahmen ab und sank langsam zu Boden. Er schaute noch einmal entsetzt zu Alfred hinauf, dann fiel der Kopf zur Seite und Frank Schmalles lag mit offenen Augen still da.

SCHWARZpur

SCHWARZpur

SCHWARZpur - 37

John genoss den Ausblick vom kleinen verglasten Balkon der Mars-Station. Heute war der große Tag, der Tag an dem die Ablösung kam. Heute waren die siebenunddreißig Tage vorüber, die siebenunddreißig Tage der Entscheidung.

Er hatte es geschafft, hatte diese siebenunddreißig Tage überlebt und würde in drei Tagen zurück zur Erde fliegen. Schwierige Situationen erfordern manchmal schwierige Entscheidungen. Wenn man überleben wollte, dann durfte man nicht zaudern oder gar Skrupel aufkommen lassen.

Angefangen hatte es vor siebenunddreißig Tagen mit der Katastrophe. Der Haupt-Sauerstofftank war bei einem Mars-Beben beschädigt worden. Angeblich war ja die Gegend um die Station erdbebensicher. Ein Irrtum, wie sich gezeigt hatte. Zwar hatte die Station das Beben unbeschadet auf ihren elastischen Fundamenten überstanden, die Sauerstofftanks jedoch waren nicht genau so abgesichert und den Haupttank hatte es erwischt. Sie hatten alles versucht jedoch hatte es nichts genutzt und aller Sauerstoff war entwichen. Die Station hatte schnell und folgerichtig reagiert und auf den kleineren Notfalltank umgeschaltet. Seine drei Kollegen hatte das beruhigt. Peter und Udo aus Deutschland und Igor aus Russland.

Da er selbst der Einzige war, der sich mit der Sauerstoffversorgung auskannte, hatte er sich sofort an den Computer gesetzt und Berechnungen angestellt. Das Ergebnis war erschreckend. Von den siebenunddreißig Tagen bis die Ablösung mit den neuen Sauerstofftanks kam, würde der Sauerstoff im Notfalltank nur zweiunddreißig abdecken. Den Rest mussten sie im Raumanzug mit den Rückentanks überbrücken. Zu jedem Anzug gehörten zwei Rückentanks. Diese Tanks waren sehr raffinierte Fabrikate mit einem eigenen kleinen Computer, der die Sauerstoffversorgung optimierte. Viel länger als einen Tag reichte der Sauerstoff aber trotzdem nicht. Da benötigte John keine höhere Mathematik um zu wissen, dass es nicht für alle reichen würde. Fünf Tage waren zu überbrücken. Bei vier Leuten reichten die Tanks aber gerade mal zwei Tage. Selbst bei zwei Leuten war nach vier Tagen Schluss. Entweder sie waren alle nach vierunddreißig Tagen tot oder man verteilte die Ressourcen ungleichmäßig und einer überlebte. Dass sie alle starben machte keinen Sinn, also begann er eine Strategie zu entwickeln, wie er dieser eine Überlebende werden konnte. Die wichtigste Vorbedingung war, dass die drei anderen nichts von dem Problem erfuhren, denn sonst würde es zum offenen Kampf kommen. Deshalb verzichtete er darauf die Erde zu unterrichten, denn die würden zu demselben Ergebnis kommen, wie er und dann alle davon in Kenntnis setzen. Dann schönte er die Ergebnisse seiner Berechnungen so, dass es für alle gerade reichen würde und teilte das den Anderen mit. Allgemeine Erleichterung!

SCHWARZpur

Natürlich war klar, dass sein Betrug nach zweiunddreißig Tagen auffliegen würde. Bis dahin musste er im Besitz der gesamten acht Tanks sein. Sich mit allen anzulegen war sicherlich kein guter Tipp, also beschloss er eine Allianz zu schmieden. Einer von den Deutschen kam nicht in Frage, denn da bestand die Gefahr, dass die sich zusammenschließen und ihn ausbooten würden. Also war Igor der Mann seiner Wahl. Igor hatte auch den Vorteil, dass er Biologe war, von Computern sicher wenig Ahnung hatte und deshalb seinem Betrug nicht so leicht auf die Spur kommen würde.

Er richtete es so ein, dass er den täglichen Kontrollgang durch die Station mit Igor machte und erzählte ihm die spezielle „Igor-Variante" seiner Berechnungsergebnisse. Der Notfalltank würde vierunddreißig Tage reichen. Es mussten also drei Tage mit den Reservetanks überbrückt werden. Es reichte also nicht für vier Leute, auch nicht für drei, aber für zwei mit einem Tank in Reserve. Und Igor sollte der Zweite sein. Für den Fall, dass Igor nicht kooperieren würde, hatte er schon einen kleinen Unfall vorbereitet. Das war aber nicht notwendig, denn Igor konnte die beiden Deutschen nicht leiden und stimmte sofort zu.

Sie überlegten, wie man die beiden Anderen zuverlässig loswerden konnte. So einfach war das natürlich nicht. Offene Gewalt war sicher keine Option, denn erstens gab es in der Station keine echten Waffen und zweitens sollte es ja möglichst wie ein Unfall aussehen. Überleben war ja schön, doch den Rest des Lebens im Gefängnis zu verbringen keine gute Perspektive. Zwei Tage lang organisierten sie immer wieder Gelegenheiten, bei denen sie ungestört miteinander reden konnten. Außerdem zerbrachen sie sich auch alleine den Kopf, doch es wollte ihnen nichts einfallen. Am dritten Tag endlich hatte Igor eine durchführbare Idee.

Die große Geräte-Luftschleuse enthielt diverse Geräte, die ab und zu gewartet werden mussten. Das sollten am nächsten Tag die beiden Deutschen übernehmen. Dort trug man üblicherweise keinen Raumanzug, denn die äußere Tür ließ sich nur öffnen, wenn ein bestimmtes Prozedere abgelaufen war. Zuerst musste die innere Tür geschlossen und verriegelt sein. Danach begann die fünfminütige Warnphase mit Sirene und Blinklicht. Drückte in dieser Zeit jemand einen der drei Notknöpfe in der Schleuse, wurde abgebrochen. Nur wenn das nicht passierte, dann konnte die äußere Tür geöffnet werden.

Igor Idee war nun, dass John als Computerspezialist das Luftschleusen-Programm so verändern sollte, das die Notknöpfe ausgeschaltet waren. Sie würden die Innentür verriegeln und dann das Öffnungsprogramm starten. Das würden die beiden Deutschen natürlich sofort alarmieren und sie würden den Notknopf drücken, jedoch ohne Wirkung. Der tödliche Unfall war nun nicht mehr aufzuhalten. Den Verlust des Sauerstoffs in der Schleuse konnten sie verschmerzen, denn sie hatten ja beide noch

SCHWARZpur

einen Tank in Reserve. Den Unfall würden sie auch sofort zur Erde melden. John und er hatten vorgehabt nach dem beschädigten Tank zu schauen. Vielleicht war ja doch noch etwas Sauerstoff zu retten. Die große Schleuse hatten sie geöffnet, um von draußen an eventuell benötigte Werkzeuge zu gelangen. Sie selbst waren durch die kleine Mann-Schleuse gegangen. Das Peter und Udo sich gerade in der Schleuse aufhielten, das war nicht so abgesprochen gewesen. Und dann hatten wohl auch noch die Notknöpfe versagt. Ein tragischer Unfall. Wichtig war auch, dass John seine Spuren im Computer verwischte, denn es würde sicherlich eine Untersuchung geben.

John war geplättet. Diese Idee war genial und er hatte auch schon einen Einfall, wie er den Computer manipulieren konnte ohne Spuren zu hinterlassen. Er würde nach dem Unfall einen bestimmten Fehler provozieren, der ein Einspielen der Sicherung notwendig machte und weg waren alle Beweise.

Noch am selben Tag zogen sie es durch. Arglos übernahmen die beiden Deutschen die Wartung in der Geräte-Schleuse. Wurden noch nicht einmal misstrauisch, als die Innentür verschlossen wurde. Erst als die Warnphase begann und die Notknöpfe nicht funktionierten, dämmerte ihnen etwas. Sie hämmerten gegen die Tür und winkten durch die Sichtluke. John konnte sich ein Grinsen nicht verkneifen. Fröhlich winkte er zurück in die wutverzerrten Gesichter, die bald nur noch Entsetzen zeigten, als sich die äußere Tür öffnete. Und dann war es auch schon vorbei. John liebte solche Pläne, die perfekt aufgingen. Als er sich umdrehte, um ins Computerzentrum zu gehen und dort die Spuren zu verwischen, war Igor verschwunden. Wahrscheinlich so ein zartbesaitetes Seelchen, der das nicht hatte mit ansehen können. Dann hätte er nicht mitmachen dürfen. Kopfschüttelnd ging John weiter.

Später, als er im Computer alles wieder zurückgeschraubt hatte, fing er an sich Gedanken über Igor zu machen. Das hatte zwar noch ein paar Tage Zeit, aber man konnte nicht früh genug anfangen. Es fiel ihm aber auf Anhieb nichts ein. Er würde erst einmal mit Igor reden und sich ein wenig in dessen Wohnbereich umsehen. Eventuell hatte er ja dabei einen Einfall. Doch Igor hatte seinen Wohnbereich verschlossen und antwortete über den Sprechfunk, dass er erst einmal etwas Ruhe benötigte. Also doch ein Seelchen.

SCHWARZpur

Einige Zeit später ging John in die Küche, um sich etwas zum Essen zu holen. Dort bemerkte er sofort, es hatte Veränderungen gegeben. Es dauerte aber einen Moment, bis er erkannte was sich verändert hatte. Das Vorratsregal hatte sich deutlich geleert und auch die Notvorräte an Wasser waren geschrumpft. Merkwürdig! Was hatte das zu bedeuten? Auf dem Rückweg in seinen Wohnbereich dämmerte es ihm schließlich. Sein Auftritt vorhin an der Geräte-Schleuse hatte Igor so erschreckt, dass er nun Angst vor John hatte. Das war Igors Motivation sich mit Vorräten einzudecken und sich in seinem Wohnbereich einzuschließen. Rasch lief er zum Lager und tatsächlich hingen dort nur noch drei Raumanzüge und vier Rückentanks. Igor wollte die Zeit bis zur Landung der Ablösung sicher eingeschlossen in seinem Wohnbereich verbringen. Das war ein Rückschlag für John, brauchte er doch noch mindestens einen Rückentank, um zu überleben. Natürlich konnte er die Tür von Igors Wohnbereich aufbrechen, aber dann? Igor war groß, kräftig und hatte in der russischen Armee eine Nahkampf-Ausbildung genossen. Er brauchte mindestens eine brauchbare Waffe. Eventuell ließ sich ja aus den Werkzeugen etwas basteln. Sofort rannte er zur Geräte-Schleuse. Die Innentür war offen, also war Igor hier gewesen. Vorsichtig ging er hinein, jedoch erst, nachdem er das Türschloss zerstört hatte. Jetzt konnte niemand die Tür hinter ihm schließen, sicher war sicher. Im Innern hatte Igor die beiden Toten ordentlich an die Wand gesetzt. Außerdem war der Werkzeugschrank offen und leer. Auch daran hatte Igor gedacht. Diesen Biologen hatte John unterschätzt.

Er marschierte zurück zur Computerzentrale und grübelte, wie er Igor doch noch erwischen konnte. Kaum war er angekommen, checkte er die Überwachungskameras von Igor Wohnbereich. Alle zeigten ein schwarzen Bild, waren wohl abgedeckt. Also war es nichts mit einer Überrumpelung im Schlaf, denn nun konnte er ja nicht feststellen, ob Igor schlief. Sein Versuch die Sauerstoffversorgung von Igors Wohnbereich zu manipulieren scheiterte auch. Das gab das System nicht her. Er war mit seinem Latein erst einmal am Ende. Doch noch war ja Zeit und er würde in der verbleibenden Zeit bestimmt einen brauchbaren Einfall haben.

So vergingen die Tage. Igor verließ seinen Wohnbereich nie und antwortete auch nicht mehr bei Johns Anrufen über den Sprechfunk. Auch John hatte in seinem Wohnbereich Vorräte und Wasser gebunkert und seine Überwachungskameras abgedeckt. Man wusste ja nicht auf welche dummen Ideen Igor noch kommen konnte.

Dann kam der Alarm. Die Station machte darauf aufmerksam, dass in einer Stunde die Sauerstoffversorgung stoppen würde und forderte alle Crew-Mitglieder auf die Raumanzüge anzulegen. John tat das sofort. Der Countdown begann, er hatte nur noch drei Tage, um an den einen entscheidenden Rückentank zu kommen. Ab jetzt würde auch Igor den Raumanzug tragen und wertvollen Sauerstoff aus Rückentanks verbrauchen. Raumanzug tragen? Das war die Idee, die er die ganze Zeit gesucht hatte.

SCHWARZpur

Sofort setzte John sich an den Computer und traf seine Vorkehrungen. Danach hieß es warten und hoffen. Zwei Tage vergingen ohne die erhoffte Meldung des Computers und John begann nervös zu werden. Doch am Morgen des dritten Tages war es dann soweit. Der Urin und Fäkalien-Behälter von Igors Raumanzug war voll und er schloss den Anzug an den Entsorgungsstutzen in seinem Sanitärbereich an. Der Stutzen verriegelte sich, damit er sich während des Vorgangs nicht ungewollt lösen konnte. Normalerweise wurde dann der Inhalt des Behälters abgesaugt, dann eine Reinigungsflüssigkeit eingefüllt und nach einer definierten Einwirkzeit auch wieder abgesaugt. Das war es!
Normalerweise!
Dank Johns Manipulation passierte etwas ganz anderes. Statt abzusaugen öffnete das System die Verbindung zum Inneren des Anzugs und pumpte mit Hochdruck Reinigungsflüssigkeit in den Behälter und als der voll war floss es in den Anzug. Nach zwei Minuten waren im Anzug von Igor zehn Atmosphären Überdruck erreicht, mehr Kapazität hatte die Pumpe nicht. Tschüs Igor!
John wartete noch eine Stunde und brach dann die Tür zu Igors Wohnung auf. Schaute lieber erst gar nicht in den Sanitärbereich, sondern holte nur den Rückentank.

Seite 72   **SCHWARZpur**

Nun stand er hier auf dem Balkon und wartete auf die Ablösung. Er hatte genau das erreicht, was er gewollt hatte, er hatte überlebt. Da meldete sich der Rückentank weil er gleich leer war und ersetzt werden musste. Kein Problem dachte John grinsend. Er hatte ja noch den Rückentank, den Igor ihm freundlicherweise überlassen hatte. Schnell war gewechselt und er ging erneut auf den Balkon hinaus. Da meldete sich der neue Rückentank.

Bitte sprechen Sie das Passwort laut und deutlich!

Was zum Teufel ist das?

Passwort nicht korrekt!
Bitte sprechen Sie das Passwort laut und deutlich!

. . . . .

Bitte sprechen Sie das Passwort laut und deutlich!

. . . . .

Hallo John hier ist Igor. Da das Passwort nicht korrekt angegeben wurde, muss ich davon ausgehen, dass du es doch noch geschafft und mich aus dem Weg geräumt hast. Das ist schade für mich, aber ich habe dir noch eine kleine Überraschung hinterlassen. Ich war nämlich nicht nur Biologe, sondern kannte mich auch mit diesen kleinen Computern in den Rückentanks hervorragend aus.
In drei Sekunden wird die Sauerstoff-Zufuhr unterbrochen und wir sehen uns dann im Jenseits.

SCHWARZpur

Seite 73

Drei

Zwei

Eins

Und aus

SCHWARZpur - Nachschlag

Als Nachschlag gibt es ein weiteres SCHWARZes Drabble:

Achmed saß auf dem Rand des Schlauchboots mitten unter den Flüchtlingen.
Er war ihr Führer bei dieser Überfahrt nach Europa.
Vermittelte ihnen ein Gefühl der Sicherheit, das sie ja auch teuer bezahlt hatten.

Jetzt sah er in der Ferne das rote Motorboot von Wilfried auftauchen, der ihn abholen sollte.
Unauffällig ließ er sich ins Wasser gleiten und schwamm schnell ein paar Züge, um vom Boot weg zu kommen.
Dort hatten sie sein Verschwinden bemerkt, hatten bemerkt, dass die "geführte Überfahrt" eine Illusion war.
Sie riefen und gestikulierten wild.

Doch Achmed war das egal.

Dem großen Hai war es auch egal.

SCHWARZpur